現代フランス恋愛小説講座

海老坂　武

目次

I　十九世紀から二十世紀への変化

フランスの小説というと、日本では、まず恋愛小説というイメージが強いようです。たとえば、世界文学全集という形で刊行されているものの中に、フランス文学を代表する作品としてかならず入れられるのは、『クレーヴの奥方』（ラファイエット夫人）であり、『マノン・レスコー』（アベ・プレヴォー）であり、『谷間の百合』（バルザック）であり『赤と黒』や『パルムの僧院』（スタンダール）であり、『ボヴァリー夫人』（フロベール）であり、といった具合に恋愛小説と言いうる作品が中心です。また事実、フランスの大作家は、とりわけ十九世紀の大作家は、かならずと言っていいほど恋愛小説の傑作を書いています。

これにたいし、二十世紀のフランスの大作家は、これといった恋愛小説を書いていません。二十世紀前半の大作家としてあげられるのはプルースト、ジッド、ヴァレリー、クローデル、ブルトン、アラゴン、セリーヌ、マルロオ、サン・テグジュペリ、カミュ、サルトルなどですが、詩人のヴァレリー、劇作家のクローデルは別にしても、その他の作家の代表作を恋愛小説とはたぶん言えないでしょう。もちろん、『失われた時を求めて』（プルースト）にしても、『狭き門』（ジッド）にしても『ナジャ』（ブルトン）にしても恋愛小説として読もうとすれば読めないことはないのですが、大きな主題は記憶であったり（プルースト）、信仰であったり（ジッド）、〈驚異《メルヴェーユ》〉であったりして、恋愛こそ中心主題である、と言いきれない面があります。

とりわけ、一九三〇年代以降に発表される小説からは、恋愛のモチーフが影をひそめていきます。マルロオの傑作『人間の条件』という題名がいみじくも言い表しているように、この時代以後、小説の中心主題は〈人間の条件〉へと移行していきます。戦争や革命を背景とした世界の中での自己と世界との関係が問われ始めます。不安、不条理、連帯、脱出、死といったことが中心主題となっていきます。どの作品にも、世界とは何か、人間とは何か、人はどのように生きていくのか、死に意味はありうるのか、といった問いが見いだせるはずです。

二十世紀の後半はどうでしょうか。一九五〇年代以降出てきた作家としては、大作家と言えるかどうかは疑問ですが、ロブ＝グリエ、ビュトール、シモン、サロートなどがいます。また年齢はサルトルとほぼ同じベケットがいます。しかし、彼らもまた恋愛小説と言いうる作品は書いていない。彼らの主なる関心は、言語的実験であり、語りの構造であり、小説の手法です。何を書くか、よりも、いかに書くか、なぜ書くかを中心軸にしているのが〈ヌーヴォー・ロマン〉と呼ばれる彼らの作品の特徴です。『心変わり』（ビュトール）のように恋愛小説として読みうる作品もないわけではありませんが、〈ヌーヴォー・ロマン〉の中には恋愛こそ中心主題であるといった小説はなかった、と言っていいでしょう。

ところが、その次の世代となると文学の風土が多少かわってきたようです。こう言ってよければ、日常生活への復帰ということが文学の世界に生じたのではないか。つまり、一九三〇年代、四〇年代の小説においては、例外的な状況が設定されるか（マルロオ、サン・テグジュペリのすべての小説、サルトルの『自由への道』、カミュの『ペスト』）、例外的な人物が主人公となるか（セリーヌの『夜の果てへの旅』、カミュの『異邦人』、サルトルの『嘔吐』）そのどちらかです。

また〈ヌーヴォー・ロマン〉の場合には日常生活から離れたエクリチュールの実験を試みています。書き言葉としての前衛性、形式の革新にエネルギーが注がれています。たとえば、ロブ＝グリエでもいい、ビュトールでもいい、シモンでもいいのですが、彼らの小説の主人公の名前を思い出そうとしても、すっと浮かんでこないのではないでしょうか。「チェン、ムルソー、ロカンタンとは誰の何という小説の主人公か」という問いは文学史の試験問題にはなりうるのですが、〈ヌーヴォー・ロマン〉についてはこういった問題をつくりえないのです。なにしろ、私自身主人公の名を忘れてしまっているのですから。

ところで、文学の世界における日常生活への回帰ということには一つの背景があるように思われます。それは、一九六八年五月の、いわゆる〈五月革命〉です。これは権威主義的な大学と硬直したドゴール政権にたいする学生たちのコンテスタシオン(異議申し立て)から始まったもので、学生のデモ隊と警官隊の衝突がくり返される。衝突が終わると、大学の教室や劇場が占拠されて昼夜さまざまな議論がなされる。壁という壁が落書きの場となって、文化批判がちまたにあふれだす。

そのうち一般の勤労者もストライキに突入し、フランス全土が約一ヶ月麻痺してしまうのですね。しかしけっきょく、大統領のドゴールが議会を解散して総選挙をおこない、ドゴール派が大勝することで混乱が終わる。そうするといったい何が〈革命〉なのかよくわからない。学生たちも反体制勢力も、政権を奪取するどころか、具体的に獲得したものはほとんどなかった。わずかに労働組合が労働条件の面ですこし点数を稼いだぐらいです。政治革命としては完全な失敗です。

ただ、その後の展開を考えると、あの一ヶ月の出来事は大きかったと言える。その間にフランスの言語がかわり、行動様式がかわり、感受性がかわり、行動様式がかわった。ファッションさえかわった。

言語について一つ例をあげるなら、フランス語では初対面のときは「あなた」に相当するvousという言語を使い、すこし親しくなると「君」「お前」に相当するtuを使ったのですが、六八年以降は、学生同士の場合、最初からお互いにtuを使うようになった。人間同士の社会的距離がぐっと縮まったのですね。

同じように男女のあいだの距離が縮まった。性的な解放が進行し、感情や実感をもとに行動するようになった。若者たちの同棲がぐんとふえたのもこの頃からで、制度や儀式の価値が下落した。

ファッションの例をあげると、それまでの学生たちは、男子学生はネクタイをする、女子学生はドレスアップをして講義に出る、ということが多かったのですが（特に法学部、経済学部など）、六八年以後は、もうネクタイをしている男子学生はほとんどいなくなってしまった。女子学生もジーンズ一色になってしまった。これまた社会的慣習、儀式の大変化ですね。

こういった変化は、たぶん文化革命という言葉で呼ぶことができると思います。六八年五月は政治革命ではなかったが、文化革命であった、と考えてよい。

政治革命は政治権力をとらなくては話にならない。〈異議申し立て〉から政権を取るまでの道のりは長い過程です。十年、二十年の歳月がかかる。日本のようなところでは、本当の政権交代は五十年以上起こっていない。それよりも、〈いま、ここで〉何をなしうるか、〈いま、ここで〉何を変えうるか、変えうるとするなら何か。こういう発想が、六八年五月の運動をひっぱっていった若者たちのうちにあったと思います。というわけで〈日常生活批判〉というテーマが出てきた。日常生活における言葉の使い方、生活用品との関係、男女の関係、家族の関係、隣人との関係、権力や管理にたいする考え方、こういったことがひとつひとつ問われていった。

そこから七十年代に三つの大きな運動が出てくる。第一がフェミニズム、第二がエコロジー、第三が地域自治です。従来の革命運動とされていたものは、いずれもマルクス主義あるいは社会主義という中心軸を持っていたのにたいし、これらの新しい運動は、イデオロギー的なこういう中心軸をかならずしも持っていないのが特徴です。

しかし、話を文学に戻しましょう。問題は、六八年五月そして七十年代に始まるこのような文化革命的発想が、その後どのような形で文学の中に及んでいくか、ということです。ここにもいろいろな側面がありますが（たとえば七十年代から八十年代に展開されたテアトル・デュ・ソレイユという劇団の活動は二十世紀の演劇を大きく前進させた）、話を小説に限定しましょう。

日常生活の中で一番大事なのはたぶん女と男の関係です。そして、女と男の関係はかならずしも恋愛ではないけれど、恋愛が大きな位置を占めるであろうことは容易に想像されます。けれども、日常生活の中での恋愛を描くことは非常に難しい。なぜなら、恋愛とは、本質的に非日常的な体験かもしれないからです。恋愛を日常生活の中におくと、だいたいにおいて恋愛は死んでしまう。「結婚は恋愛の墓場だ」というのはシェクスピアの芝居にある台詞ですが、これは結婚が日常生活を前提としているからでしょう。ですから、恋愛を主題とした物語はほとんどすべて、例外的状況を設定しています。ロメオとジュリエットの悲恋は（これは芝居ですが）二人のそれぞれの家族が、憎しみ合う敵同士であるという状況があるからこそ成り立つのです。『椿姫』（デュマ・フィス）の悲恋もまた、女主人公が死の病に侵されている、という状況があるからこそ小説になるのです。

別の言い方をすれば、恋愛小説が成立するためには、恋愛がスムースに成立しないような障害を設けることが必要です。恋愛がスムースに成立してしまえば、メデタシ、メデタシということで、作家はもう語ることがなくなるのですね。

では、恋愛がスムースに進展するのを妨げる障害となりうるのは何か。すぐに考えられるのは、身分、階級、職業といった外的条件です。『赤と黒』のジュリアン・ソレルとマチルドをへだてるのは階級です。というか、木びきの倅《せがれ》に生まれたジュリアンは、いつも自分の出身階級を意識しており、相手との身分的落差の意識をしばしば情熱のバネとしています。社会的障害が彼の恋情をつくりだすのですが、最終的に彼はこの社会的障害の前に押しつぶされます。

年齢の差もまた恋愛の障害となりうるでしょう。コレットの『シェリ』は、この年齢の差による障害をうまく使った恋愛小説です。

外的条件だけでなく、主人公の性格、考え方、イデオロギー、信仰もまた恋愛の障害となりうるでしょう。ジッドの『狭き門』で、ジェロームとアリサの間にたちはだかるのはアリサの信仰です。したがって恋愛小説の書き手の腕はどういう障害を構築するかにかかっている、と言ってもよい。まず出会いがあり、ついで恋愛が成立し、ないしは成立しかけ、しかしやがて障害が生ずる、ないしは障害が明らかになる…　また逆に、まず障害があって、にもかかわらず恋愛にいたる、ということもありますが、いずれにせよ、それをいかに乗りこえるか、乗りこえられないかで、小説の形は変わってくる。乗りこえられればハッピー・エンドになり、乗りこえられなければ別れか死によって終わる、これが恋愛小説の文法です。

スタンダールは『赤と黒』ではジュリアンの処刑によって物語を終わらせています。これにたいして『パルムの僧院』では、ファブリスとクレリアとは結ばれる。つまりハッピー・エンドです。ハッピー・エンドのあとに何がくるか？人生においてはそのあとに来るものこそが重要なのですが、小説家のペンはそれ以上はすすまなくなる。幸せな恋をいつまでも描いているわけにはいかないのですね。そこでスタンダールは、クレリアと息子とを二人とも病気で死なせてしまう。そしてファブリスがその後いかに出世をしたかという、なくもがなの話を付け加えて、スタンダールはそそくさと小説を切りあげてしまいます。『赤と黒』の終わり方のあざやかさにくらべると、『パルムの僧院』の終わり方はどうも後味がわるい。それはもしかすると、ハッピー・エンドの恋というのが、小説にむいていないからかもしれません。

ところで、と、ようやく本論に入るのですが、例外的な状況の中でなく、非日常的な背景のもとでなく、恋愛を描くとすると、どういう描き方があるのか。これが、二十世紀末の〈恋愛小説家〉（こういう題名の映画がありましたね）に課された大きな問いだと私は考えています。なにしろ、現実の恋愛そのものに、いまや障害がなくなりつつあるのですから。

そこで、二つの作品を例にして話をすすめます。日本でも翻訳されている小説なので読まれた人もいるかもしれません。一つはアレクサンドル・ジャルダンの『妻への恋文』、もう一つはダニエル・サルナーヴの『幻の生活』（河出書房新社）です。原書は前者が一九八八年刊、後者は一九八六年刊です。

II 『妻への恋文』または恋人の地位の固執

文学の話はテキストから離れて抽象的に論じても面白くないので、とにかく『妻への恋文』の冒頭の部分を読んでいただきましょう。

ガスパール・ソヴァージュ、通称ゼーブル（縞馬《しまうま》、おかしな奴）は、情熱が冷めることを頑《がん》として信じていなかった。自分はある一人の女性、つまり妻を愛するために生まれてきたと思っていた。若くして結婚したゼーブルはカミーユとの結婚を、長年寝床を共にして疲れ果ててしまったほかの多くの人達のように、けっして崩壊させまいと心に誓ったものである。

結婚式の鐘が鳴り響いてから十五年たっても、二人はほとんど変わることはなかった。カミーユは依然その若々しい美しさに加えてみずみずしい色気があったし、ゼーブルも中年太りしそうになかった。だがゼーブルは自分たちが眠りにも似た無気力な結婚生活にはまりこんでしまったことを、認めざるをえなかった。二人は結婚したという事実に胡座《あぐら》をかいて、安眠をむさぼってきたのだ。

カミーユは二度の出産とともに、新婚当初の合法的愛人とでも言える役割を、より賢明な母親の役割へとすり変えた。日々が過ぎ、初めて抱きあった頃《ころ》の熱情は、少しずつ老夫婦のような狎《な》れあいに変わっていた。夫婦の営みはまだなくはなかったが、習慣のせいで身体の動きは鈍くなっていた。二人はもうおざなりにセックスするだけだった。

この冒頭の数行からうかがえるゼーブル（原題は『ゼーブル』です）とカミーユの結婚生活は、一般の結婚生活の実状とどれほど違いがあるでしょうか。恋をする若者たちの多くは、その恋愛のさなかにあっては「情熱が冷めることを頑として信じ」ないでしょう。結婚をしたあと、自分は「妻を愛するために生まれてきた」と思っている夫はそんなに多くはないかもしれない。自分にはもっと別の選択の道があったのに、と失われた時を悔いている夫も少なくないかもしれない。しかし、ゼーブルのように信じている夫もいないわけではないでしょう。

結婚後十五年しても変わることがなく、依然として「若々しい美しさに加えてみずみずしい色気」がある妻というのを、私の周囲を見まわすと、数は多くはないものの、いないわけではありません。「中年太り」しそうにない夫というのは、残念ながらもっと数が少なくなるのですが。

しかし、ゼーブルがどんなに情熱の永遠性を信じても、情熱は歳月とともにすり減っていく、というのが古今東西を問わぬ真実のようです。とりわけ結婚をしている場合には磨滅の度合いは激しく、結婚十五年たっても、情熱的にセックスをする夫婦というのは、いないわけではないでしょうが、珍種と言っても言いすぎではないでしょう。「結婚は四年で終わる」と言ったのは人類学者のヘレン・E・フィッシャーですが、結婚生活自体はもっと続くにしても、情熱恋愛を四年以上続けることは難しいようです。

ではどうしたらいいのか。どうしたら結婚を情熱の墓場としないことができるのか。どうしたら結婚を安眠の場以外のものにすることができるのか。いや、どうしたら情熱が失われても、結婚生活を維持していくことができるのか。

妻のカミーユのとった方法は古典的なものです。また多くの妻に共通する、もっともよく知られた解決方法です。つまり、女から母に変わるのです。母親の役をしっかりやろうとするなら、ひとり子供が生まれれば、十年から十五年は母親の役割に安住することができます。女と男の関係から、それぞれが子供を媒介にして母親と父親に変身するのです。しかしそのためには、パートナーがこの変身に同意する必要があります。

ところが、ガスパール・ソヴァージュというこの変人は（ついでに言っておくなら、彼の姓のソヴァージュには、〈野蛮な〉という意味があります）父親という役割に引退することを断固として拒否する、彼はあくまでも恋人というステータスにしがみつこうとする。するとどういうことが起こるのか、これがこの小説の冒頭に投げ出されている問いで、そこからどんな物語を構築するかが作家の腕の見せどころです。

普通の小説だったら、ここで夫が誰か別の女性と恋に陥る、あるいは妻が別の男性と恋に陥る、そのため夫婦の間に波風が立って、別れる別れない、またよりを戻す、いや結局は別れよう、という話になるでしょう。恋愛の方に力点が置かれるか、それとも別れ話の方に力点が置かれるかの違いはあるけれども、話の展開はだいたいにおいて想像することができます。たとえば、ダン・フランクという人の小説『別れるということ』はこの種の小説です。

ところがアレクサンドル・ジャルダンは、おそらくこれまでいかなる小説家も思いつかなかったような物語を構想します。夫ガスパールは、妻カミーユの情熱の欠如、消極的な態度に苦しんでいる。これは現実によくあることですね。そもそも恋愛の情熱が二人のあいだで等量であるということはまずなくて、常に多少の落差がある、そしてそこから恋愛における力関係が生じるのはよく知られている事柄です。より多くの性的エネルギーをもって恋する者は、より多くの心的エネルギーをもって相手に奉仕する、そしてそのぶんだけ相手に隷属することになります。

では結婚をしたときにはどうなるか。女と男とでは、こうした恋愛の情熱はどちらがより多く持続するか。恋愛から結婚に移行することによって、性的エネルギーの落差に逆転が生ずることがあるのかないのか。もちろんこれは個々のケースによって違い、一般的な法則はないはずです。もしも一般的な法則があるとすれば、歳月とともに、こうした落差そのものも減少していくということぐらいでしょう。ゼーブルとカミーユのカップルも例外ではなく、二人のセックスは「おざなり」のものでしかなくなっている。情熱は習慣という型の中に流しこまれていくわけです。

普通のカップルならば、結婚十五年もすればこれもやむをえないことだ、ある意味では当り前のことだ、と諦めの境地、ないしは悟りの境地に達するのではないでしょうか。そして物わかりのよい夫なら、妻なら、夫婦は何もセックスだけではない、趣味を分かち合うこともできるし、二人で計画を立てることもできる、いや何よりも心のつながりが大事なのだと考えて、こういう情熱の衰えには目をつぶることでしょう。性的なエネルギーの牽引力に、人生の中で相対的な位置しか与えないように取りはからうでしょう。ただそうした夫婦では小説の主人公としては物足りないのですね。

しかし他方に、物わかりのよくない夫や妻、いまだ諦めの境地、悟りの境地に達しえない妻や夫がいることも事実です。自分にはまだ情熱がある、自分はまだ燃えつきていない、こう考えたときに彼ら彼女らのエネルギーが、欲求をみたしてくれないパートナー以外にむかうことはある意味で自然の傾きです。それが家庭外恋愛ないしは不倫恋愛の出発点で、いま世の中に充満している現象です。ただ、彼らを小説の主人公にしたのではあまりにも凡庸ということになるのですね。

ところが、アレクサンドル・ジャルダンは、別の展開を考案します。この奇妙でけなげな夫はもう一度妻の昔の情熱を取り戻させようとする。つまりこの作品は妻にたいする夫の恋物語、再恋愛の物語なのです。ではどうやってするか、というところから、若干小説のストーリーの方に入っていかなければなりません。ゼーブル（おかしな奴）という仇名のとおり、ガスパールは実にさまざまな手管、ときには奇妙奇天烈な手管を用います。

たとえば、二人がはじめて出会った場面をお芝居で再現しようとする。若い頃ゼーブルは当時の恋人を素裸のまま部屋の外に送りだしたところ、部屋がばたんと閉じてしまった。これはフランスでよくあることです。鍵は部屋の中、手に持っているのは一枚のタオルだけ、どうしようかと思っていたときに通りすぎたのが同じアパルトマンに住んでいたカミーユだったというわけです。そこでゼーブルは、妻が夜中に帰ってくる日をねらって、あられもない姿で廊下で待ち受けている。そしてカミーユが階段をのぼってくると、昔と同じ台詞をはくのですね。ところがカミーユの方は昔何と応対したかはっきり覚えておらず、ゼーブルが怒り出す、といった具合でこの作戦はうまくいかなかった。

これとは逆のお芝居もあります。ゼーブルは今度は二人で「年寄り夫婦ごっこ」をしよう、と提案する。そして、イヤリングをプレゼントすると同時に、入れ歯やくたびれたスリッパや色あせたバラ色のカーラーをプレゼントする。お互いに「パパ」と呼び「ママ」と呼び、なるべく話をしないようにし、ベッドも別にしようと提案する。「結婚生活の堕落の真似」をしよう、と。こういうゲームをうんざりするほどすれば、二人の情熱が復活するだろう、とガスパールは信じているのです。いわばショック療法ですね。あげくの果てにこの晩はカミーユが腹を立ててガスパールをぶんなぐったりするのですが、ショック療法が利いたのでしょうか、情熱がすこしだけ復活したようです。

ゼーブルの努力は続きます。「二人の愛を強固なものにしようと」彼はカミーユと寝室を別にする。どちらかに欲望が生じたら、相手を訪れることにしよう、と。そしてガスパールは毎晩のように廊下を歩いて床をきしませる。しかし、ぜったいにドアはノックしない。こうやってカミーユを刺激しようというのです。要するに、どちらが先に欲望に負けるかの忍耐ゲームで、これを数週間続けてやっているうちに二人とも頭がおかしくなっていく。ゼーブルの作戦はここではすこし成功したようです。

しかし、ガスパールのこうした再恋愛への努力の中でもっとも重要なのは、ラヴ・レター作戦です。二、三日置きに彼は匿名の手紙をカミーユに送っており、日本語の訳題はそこからつけられたわけです。

カミーユは、はじめのうちこの手紙を無視しているのですが、だんだんと気になってくる。毎回、カミーユの美点をあらゆる角度から描き出しているからです。いわばそれは美しい自分を映し出してくれる鏡で、毎日の郵便配達が待ち遠しくなってくる。一体、この手紙の書き手は誰なのか？

最初は夫ではないかと疑うのですが、筆跡がどうも違う。それにガスパールは普段、カミーユの長所をあまりほめたりもしないし、髪型の変化にも気が付くことがない。しかし、夫でないとしたら誰だろう？ だんだんとカミーユはこの手紙の主に惹かれていきます。手紙の匂いをかいだり、糊の接着部分をはがして「見知らぬ彼」がなめたに違いない部分に唇を押しつけたりもする。どうやらクスリが利いてきたのでしょう。

そのうちカミーユは、これは自分の生徒のバンジャマンに違いないと確信するようになる。言い忘れましたが、カミーユは高校で数学を教えている先生なのですね。そこでカミーユは、バンジャマンの気を引こうと、彼の成績をがたんとおとしてみたり、ぐんと引き上げてみたりする。バンジャマンにとってはいい迷惑ですね。

ほどよい頃に、手紙の主はついにデートの申し込みをしてくる。なんと、ホテルの一室で待っているように指示してくる。カミーユはすでに手紙の主と推察するバンジャマンに恋をしており、いそいそとそのラヴ・ホテルに出かけていく。ところが三十分待っても相手はやってこない。やがてノックの音がしたかと思うとドアの下に封筒がさし込まれる。中に一言、「まだダメです」とだけかいてある……。

といった具合に、第一回目はふられるのですが次の日にまた手紙がきてまた同じホテルに行って待っている。すると今度は「見知らぬ彼」がやってくるのですね。ただしマスクをしている。カミーユは、「バンジャマンは若いから恥ずかしがっているのだろう」と善意に考える。男の方はカミーユに目隠しをして彼女の服をぬがせ、こうして二人は情熱的なひとときを持つ。目隠しをしていると相手が誰だかわからないものなのでしょうか。「見知らぬ彼」の正体がわかるのはその次のデートのときです。手紙で約束をしたカフェにバンジャマンはおらずガスパールがいる。そこではじめてカミーユは気づいて、動揺する。自分に不倫をする気があったことを相手に見ぬかれてしまったわけですから。

さて、そのあとはどうなるか。カミーユはこういうゲームに疲れきって、夫に別れの手紙を書き母のもとに帰っていく。するとゼーブルは追っかけてきて、なぜこんなお芝居をしたかを必死に説明する。「自分の妻をもう一度ものにする夫」になりたかったのだ、と。

そして、「ぼくがいなくても君は生きていけるかい」と聞く。カミーユが「と思うの」と答えると、ゼーブルは六階の家の窓から下に飛び降りる…。ところがこれまたお芝居で、すぐ下のバルコニーからゼーブルはよじ登ってくるのですね。これでもうカミーユはかんかんになってゼーブルを追い出してしまう、というところで小説が終わる、かと思うとそうではない。実はこれで第一部がようやく終わったのですね。このあと、第二部、第三部があり、ゼーブルの行動はますますエスカレートしていく。ただ、小説の基本的なテーマも手法も第一部で出つくしていると思われるので、第二部と第三部についてはかけ足で紹介するにとどめます。

第二部では、カミーユに去られてすっかり落ちこんだゼーブルが、売春婦に頼んでカミーユと同じ髪型のかつらをかぶり、カミーユのドレスとストッキングを身につけて、カミーユの使っている香水をにおわせて家に訪問をしてもらう、というようなエピソードもありますが、物語の進展の上で重要なのは、ゼーブルが白血病にかかっていることがわかったことです。

そこでカミーユが帰ってきて、やせおとろえたゼーブルと二年ぶりに再会するのですが、その晩のゼーブルの行動はあいも変わらずで、がりがりになって歩くことすら覚束ないにもかかわらず、カミーユの部屋のドアの把手に手をやり、自分こそが夜のお相手なのだということを説明しようとする。しかしさすがに自分の体力を考えて引き返すのですが、このように死の病いに冒されながらもゼーブルは恋人というステータスを守り抜こうとする。

そのあと余命の少ないことを悟ったゼーブルは修道院に入り、そこにカミーユを呼び寄せ、カミーユははしごをつたってゼーブルの部屋に忍びこむ、といった『赤と黒』のパロディーのような一幕があり、最後にゼーブルは「ぼくを捨てないで…」の一言を残して死んでいきます。以下はゼーブルが子供たちに残した遺言です。

「愛する子供たちへ

お父さんはおまえたちのお母さんを裏切ることができなかったために死んでいきます。

一夫一婦制は夫婦生活を害するものだ、本当に。お父さんにもっと堕落した生活をする良識があれば、おそらくもっと軽やかで器用に夫という立場をまっとうすることができたのだろうけれど。愛ゆえの貞節なんて倒錯だよ、お父さんは今その報いを受けているんだ。

お父さんの轍《てつ》をふまず、結婚相手を騙《だま》しなさい。それこそ相手を自分のものにしておく一番確実な方法だからね。相手に小説の登場人物のような完璧さを要求しちゃいけない。ラ・フォンテーヌの励ましなんて、欺瞞《ぎまん》だよ。

恋人よ、幸せな恋人たちよ、旅をしたいのか。
　それなら、近くの岸辺に行きたまえ。
おたがいに、いつも美しく、つねに多様で、
　たえず新しい世界になりなさい。
すべてのものの代わりとなりあい、あとのことは無視すればいい。
（ラ・フォンテーヌ『寓話《ぐうわ》』「二羽の鳩」）

こんなことはすべてまやかしだ。こんなものは超人のためのプログラムさ、お父さんが試したんだから確かだ。その逆に、旅をするんだ。大いにやれ。肉体の隔たりが結婚をよみがえらせ、息詰まるような状態を避けることができる。

愛する子供たちよ、このことを忘れないでおくれ。お父さんはおまえたちのお母さんを裏切ることができなかったから死んでいくんだ。

愛してるよ。

パパより」

しかし、ゼーブルは本気でこれを書いているのでしょうか。彼の死因は白血病で、「愛ゆえの貞節」ではないはずです。カミーユを裏切ろうが裏切るまいが、彼はやはり死んでいっ

たでしょう。それに、なぜ彼はここで、「結婚相手を騙《だま》しなさい」などと子供たちに忠告をしているのでしょうか。本当に彼は自分の行動を悔いているのでしょうか。

おそらくそうではない。そうではなくて、ゼーブルがこの手紙を読ませたい相手はカミーユではないでしょうか。カミーユにたいし、「僕はきみをけっして裏切らなかったよ」「きみをけっして騙《だま》さなかったよ」と訴えているのではないでしょうか。自分の愛を、最後の最後まで証明しようとしているのではないでしょうか。

最後の最後と書いたのですが、実は、小説はここでは終わらない。まだ第三部が残っている。これはもう作家の悪ふざけとしか言えないのですが、ジャルダンは死んだ夫に、さらにカミーユをくどかせようとする。ある日カミーユは、留守番電話から、ゼーブルの声で、「明日の朝ナヴァールの森に来てくれ」というメッセージを耳にする。森に行ってみるけれどもちろんゼーブルはいない。

また別の日に「見知らぬ彼」からの手紙を受けとる。昔と同じ筆跡で次の日に例のホテルで会いたい、と書いてある。そこでまた出かけていくと、前と同じようにマスクをした男が入ってくる。カミーユがマスクをとらせようとすると、男はあわてて逃げていく。その走り方でそれがゼーブルの親友であることがわかり、ラヴ・レター事件の真相が明らかになる。死後の留守番電話もゼーブルがあらかじめ、カセット・テープをこの友人にあずけていたのですね。

そして、これが本当に、最後の最後なのですが、ある日カミーユのもとにゼーブルが写っているヴィデオ・テープが送られてくる。その中でゼーブルは、こんな告白をする。自分には特別の才能は何にもないことがわかった、だからせめて二人の愛を、夫婦生活を自分の作品に、「生身のオペラ」にしたかったのだ、と。そして、ゼーブルが「キスして」と囁《ささや》き、カミーユがゼーブルの唇に、唇を合わせるところで画面が暗くなる。そして、この物語は、実はカミーユが書いたもの、という設定が明かされます。

そこで、あらためて、恋愛小説としての『妻への恋文』の新しさは何か、ということを考えてみましょう。

第一に、恋愛の対象が妻だ、という点がなんといっても新しい。もちろん現実には妻を恋し続けている夫、逆に夫を恋し続けている妻というのはいくらもいるでしょうし、もう一度相手にこちらを振り向かせるための努力をしている健気な夫(妻)はいるでしょうが、結婚相手を誘惑するのにこれほどのエネルギーを傾ける夫(妻)はまずいないと言っていい。ゼーブルはカミーユが妻としてベッドを共にするだけでは物足りない、不満なのです。あくまでも恋人としての情熱を傾けてベッドを共にしたい。これは結婚生活の活性化などという次元のことではなく、結婚生活を永続的な恋愛のままにしておきたいというほとんど不可能に近い試みで、こういう試みを主題としたのは、恋愛小説の歴史の中で、おそらく初めてのことです。

ただ、もしかすると、A・ジャルダンは、安部公房の『他人の顔』をヒントにしているのかもしれない。これは、ケロイド状の顔を持った男が、仮面をつくって妻を誘惑する物語です。ただこの夫は別に妻に恋をしているわけではなく、コンプレックスの解消手段として妻を誘惑するのです。そして妻は相手が夫だということをちゃんと見抜いている、という点がジャルダンの場合と違います。

第二の新しさは、これはほとんどジョークですが、恋愛を死によって終わらせることなく、墓場の彼方に行っても妻をくどく、という状況を設定したことで、その熱心さ、執拗さ、周到さにおいて歴代の恋人たちの中でも、ゼーブルは群を抜いています。

しかし他方、すこし角度を変えて考えると、『妻への恋文』はフランスにおける伝統的な恋愛小説の条件をきちんとみたしていることがわかります。では、その条件とは何か、これを検討するためにフランス文学の歴史を数世紀さかのぼってみましょう。

Ⅲ　騎士道風恋愛とその特徴

「恋愛は十二世紀の発明である」と言った人がいます。今世紀初頭のセイニョボスという哲学者で、彼はその著作によってよりもこの一句によって後世に名を残した不思議な存在ですが、それはまあいいとしましょう。この一句にたいしては、ではそれ以前の世界に恋愛はなかったのか、万葉集や源氏物語の恋愛も恋愛ではないのか、という批判が当然出てきます。すくなくとも、「西欧において」とか、せめて「フランスにおいて」といった限定をするつつましさを持ってほしかったのですが、これもまあいまはよいとしましょう。問題はなぜ十二世紀かです。

フランス文学史の中ではよく知られた事柄ですが、十二世紀の南フランスに、突如、洗練された抒情詩が誕生したのですね。この詩の作者をトゥルバドゥールと言い、彼らはしばしば、同時に作曲者でもあり演奏者でもあります。そして南フランスの封建領主の宮廷でこの詩を琴にあわせて歌っていく。

詩の主題は何かというと、おおむね恋愛です。それも、封建社会の騎士と貴婦人を主人公にした恋愛です。そして、ここで歌われた恋愛が騎士道風恋愛とか宮廷風恋愛と呼ばれ、これがその後のフランスや、もっと広くヨーロッパでの恋愛の観念の原型をつくった、ということになっている、「十二世紀の発明」とはそういう意味です。

トゥルバドゥールが歌の主題とした恋愛は〈至純の愛〉とか〈まことの愛〉と訳されていますが、そこには僕の考えでは、三つの特徴があります。第一は、奉仕恋愛、サーヴィス恋愛であるということ。男―騎士は、女―貴婦人の意のままに奉仕する。徹底的にサーヴィスをする。そしてその見返りに、ときに（しばしばではありません）愛を嘆願する、というスタイルです。これは、封建社会における臣下と領主の関係の変形ですね。臣下は領主への奉公、献身と引き替えに土地をもらっていたわけですから。

領主への献身から、女性への献身、という変化、そこには時代背景の変化があるわけで、戦争社会から平和社会、野蛮社会から文明社会への転換があったと考えていいでしょう。男子の価値はそれまでは戦場で人を殺し、勇気を示すことでしたが、平和社会においては、城がサロンと化してそこで礼節を重んじ優雅の道をきわめることになったのですね。

第二の特徴は、騎士の奉仕する貴婦人はすでに結婚をしている女性、既婚の女性であるということ、現代風に言うなら不倫の恋であるということです。そして男の方はどうかと言えば、騎士の方もしばしば結婚をしているのですね。こういうのはダブル不倫と言うのでしょうか。結婚をしていない若者同士の恋愛は、道をはずれたけしからぬ恋ということでしょう。

つまり、十二世紀の詩人たちはすでに、恋愛と結婚の両立が不可であることを知っていたようです。というか、現実に結婚とは土地を相続していくために子供をつくる手段にすぎなかった。子供さえつくれば、それも男の子さえつくれば妻は御用済みということです。そこで妻はこれ以後恋愛に専念できる。ですから、こうした騎士道風恋愛の詩の中に、貴婦人の夫はまず姿を現わしません。恋愛の王国においては夫は邪魔者にすぎないのです。彼自身が恋する者として別の貴婦人の前に姿を現わすときをのぞいては。

もう一つ重要なことは、騎士が恋をするとき、相手の女性は自分より身分の高いことが求められた。結婚の場合はそれは必要ではない。なぜなら結婚においては女が男に奉仕するからです。しかし恋愛においては男が女に奉仕するので、相手の身分が高くなくてはならない。これは封建道徳の中ではきわめて論理的ですね。さらに言うなら、同じ理由によって、妻を愛する男は軽蔑され、恋に悩む男は称賛されたようです。こうなると、女性にとってはますます不倫万歳ということになりますね。

ちなみに、古代ギリシャにおいては、恋は女の病いとみなされ、男にとっても善きことではなく、唯一の正しい恋は中年男の若い男にたいする恋であったことはプラトンがしっかりと伝えていることです。しかし、少なくとも十二世紀のトゥルバドゥール以後は、女にたいする男の恋わずらいは正統な恋とみなされ、西欧文学の不朽のテーマとなっていくわけです。

第三の特徴は、騎士道風恋愛とは、成就しがたい恋、成就しない恋である、重要なのは、欲求の達成ではなく、欲求そのもの、恋をしている状態そのものである、ということです。恋する者は、いつも希望に胸をふくらませている、しかしその希望はなかなかみたされないであろうという予感を伴っていて、その意味では絶望と背中合わせになっている。簡単に成就する恋はレヴェルの低い恋なのですね。したがってこれは、忍耐恋愛ということができるでしょう。

問題は、成就とか達成と言うけれど、一体それは正確にはどういうことなのか。そもそも奉仕—サーヴィス—の報酬は何なのか、という点です。しかし、トゥルバドゥールたちは、この点については表現がひかえ目です。どうもはっきりしない。最終的には、肉体の結合であるとは推測されるけれど、性愛の側面は彼らの詩からはほとんど消されている。あからさまな表現自体がそもそも騎士道風恋愛には許されないのですね。ですから、見返りとして与えられるのは微笑であるとかリボンであるとか、手袋であるとか、指輪であるとかで、ごく稀にキスであったりで、それ以上のことにはふれていない。どこまで行ったか、などという問い自体がヤボなのです。

しかし、いわゆるプラトニック・ラヴであったかというと、そうでもない。そのあたりが微妙です。明らかに地上的な、官能的な恋愛の側面があるのだけれども、欲望は抑制し、儀式化する必要がある。恋する騎士は、けっして攻撃的、衝動的であってはならない、礼儀にそくして、きちんと手続きをふまなければいけない。忍耐強く奉仕を続けて、自分を抑制し、いつも緊張感を持っていること、つまり忍耐恋愛であると同時に節度恋愛なのですね。

そこであらためて『妻への恋文』を考え直すと、ゼーブルの妻にたいする恋愛、ないしは恋愛のやり直しの仕方は、こうした伝統的な騎士道風恋愛とかなり似ていることがわかります。

第一にこれは、一生けんめいに相手の気を引こうとする努力から成り立つ奉仕恋愛です。ただ、彼の場合、サーヴィスの仕方がすこしピントが狂っているのだけれど、時間と労力において、中世のトゥルバドゥールが歌った騎士の努力に勝るとも劣るものではありません。

第二にこれは、よくよく考えてみると、不倫の構造を持った恋愛です。カミーユの側から考えると、彼女は相手がバンジャマンだと思ってホテルで交わっている。他方ゼーブルの方は、自分をゼーブルだとは思っていないカミーユ、言わば第二のカミーユと交わっている。意識構造からすると、これは立派なダブル不倫なのですね。

第三にこれは、実に見事な忍耐恋愛、節度恋愛です。なにしろ、夜、相手の部屋の扉の前をうろうろし、必死にがまんして自分の部屋に戻ったりしているのですから。そしてこれを何度も繰り返している。またゼーブルにとって、欲望の達成が重要でないことは明らかで、重要なのは相手の情熱をいかに復活させるかなのです。

といった三点において、『妻への恋文』は現代における十二世紀的恋愛の復活である、とさえ言えるかもしれません。

この作品はその他にもいろいろな読み方が可能です。

たとえば、文字どおり、おかしな男の幻想、妄想、奇行の物語、と突き放して読むこともできるでしょう。『ファンファン』という作品もそうなのですが、ジャルダンの主人公たちはだいたいにおいて奇行癖があります。ただ、こういう読み方だけではつまらない。

また、小説を額面どおりに受けとって、妻に徹底的にほれ抜いた、いまどき珍しい、夫族の鏡を描いた物語、世の中にはびこる不倫恋愛への反撃の物語、と読むことも可能です。

ただそうなると、彼の遺書の中の「一夫一婦制は夫婦生活を害するものだ」という一句をどう解するか。もしかしたらこの遺書は自分の愛の証明というだけではなく、そこには苦い悔恨が入りこんでいる、と読めなくもないのですから。

これとは逆に、不倫願望が屈折した形で現れた物語、ないしは不倫願望をおさえたときにどうなるかを示した物語、となためにに構えて読めないこともありません。

またこの小説は恋愛の手ほどき教科書として読むこともできるし、ここではふれることができませんでしたが、子供の教育物語として読むこともできるでしょう。子供が登場するときのジャルダンのユーモアはとりわけ冴えています。

私自身は、中年になった男女の、人生の再編成の物語として面白く読むことができました。中年とは、私の考えでは、自分のそれまでの人生を振り返り、もう一度、仕事において、人間関係において、時間の使い方において、暮らし方において、人生の戦略を立て直すべきときです。自分は本当にやりたいことをやっているのか、死ぬ間際になってから自分はやりたいことをやったと思いうる生き方をしているのか、そういうことを振り返ってみるべき季節です。

『妻への恋文』の主人公は、結婚生活の立て直しを自分のテーマとして選んだわけです。作者はかなりふざけていますが、根本においてはきわめてまともで、これは作者自身がそろそろ中年といわれる年齢にさしかかっていることと無関係ではないかもしれません。

夫婦生活をずっと真面目にやってきた読者にとっては、『妻への恋文』のような形で出てきた世紀末は、きわめてタイハイしたなげかわしい時代に見えるかもしれません。しかしこの小説は、二十世紀において、恋愛という情熱は、結婚という制度は、どういうふうになっているのか、ということを考えてくれる上で沢山のヒントを与えてくれるはずです。

Ⅳ　『幻の生活』または不倫の凡庸化

次に『幻の生活』に移ります。やはり、冒頭をじっくり読んで下さい。

ふたりはベッドの中で体を起こし、じっとしていた。日が暮れかかっている。ロールが枕元のランプに手を伸ばした。「つけないで」とピエールが言った。「もう少し、こうしていよう」彼はロールの方を向き、目は閉じたままで、当てずっぽうに唇を、彼女の肩に、首に、胸のふくらみに押しあてる。半開きになっている窓を通して、陽射しを遮るように角度をつけられたブラインドの隙間から外の音が聞こえてくる。子供たちの騒ぐ声、噴水の音、乾いた木々の葉擦れの音。ロールはベッドにもぐり込んだ。そして、ピエールの前腕を枕にして、左手で、彼の腰をやさしく撫でた。ピエールが微笑む。彼は枕を背にして上体をまっすぐに起こし、自分の裸の胸をゆっくりと手でさすっていたが、手をそっと持ち上げると、手首を捻《ひね》って腕時計を見た。寝室のドアが開いているので、そこから、浴室の床の鮮やかな光沢が見える。ピエールがシーツをめくり上げ、片方の足をそっとベッドの外へ出そうとした。「どこへ行くの」ロールが眠そうな声で尋ねる。彼は小声で言う。「君は少し眠ったほうがいいよ」「紅茶を淹《い》れてあげましょうか」「いや、いいよ。もう遅い時刻だ。君は眠ったほうがいい」ロールが目を開けた。ピエールは背を向けて立っていた。腰に日焼けの跡がくっきりと見え、褐色の部分が丸い臀部のすぐ上で終わっている。「眠った方がいいよ」と、彼がまた言う。ロールが尋ねる。「今、何時。五時かしら?」「六時さ」とピエール。「六時も少し過ぎているくらいだ」「あなた、まだ時間あるでしょう」彼は返事をしなかった。ロールに聞こえてきたのは、浴室のシャワーの音だった。不意に彼女は烈しい後悔に捕らえられた。頭が重く、口の中が苦かった。陽がさらに傾いていた。子供たちの声が、楽しげに跳ね返る噴水の水音と混ざり合って聞こえてくる。戸外では、九月の晴れやかな一日が終わろうとしていた。ところが彼らは、そんな一日に少しも接することなくすごしたのだった。台所のお盆の上に、いく切れかのフルーツケーキが置きっぱなしになっていて、そばには、きれいに洗ったティーカップがあった。

この一節で、二人の関係はほぼわかってしまうのですが、すこし追加説明をしておきましょう。ピエールは高校の先生で妻と二人の子供がいます。妻のアニーは銀行につとめているキャリアーウーマン、ロールは市の図書館につとめているシングル女性です。

したがって、ピエールとロールの恋愛は不倫ということになります。ピエールはロールの部屋の鍵を持っていて、ウイークデーの四時半と六時ぐらいの間に、この部屋であいびきを続けている。学校の先生と地方公務員にはこういう時間にブランクがあるのですね。また、妻子のあるピエールには、この時間しか自由な時間がない。

時刻についての二人のやりとりに注目しましょう。普通こういう場面で眠りこけているのは男の方と相場はきまっているのですが、ここでは逆です。ピエールは時間が気になっているので眠っていられない。「もう遅い時刻だ」、「六時も少し過ぎているくらいだ」。いずれもピエールの言葉で、「あなた時間あるでしょう」というロールの言葉には答えない。時間の自由をもつ者ともたない者の違いがここではっきりと浮きあがって見えます。年齢はピエール三七歳、ロール二六歳ということになっています。

読んでいる側から言わせると、冒頭にこういう場面を設定するのは、恋愛小説のルールに反するのですね。出会いがあって、少しずつお互いに相手を知り合って、時には目と目を見つめあって、相手は自分をどう考えているのかを心に問い、少しは脈があるのかないのか、不安と喜びに打ちふるえる。そこでまた偶然の出会いがあったり、相手を待ち受けたり、不意を襲ったり、こういうことが何回か繰り返されて初めて恋を打ち明け、おずおず手を握ったり握られたりする。これが少くとも十九世紀までの恋愛小説の正規の文法です。

もう一度、『赤と黒』の話を出しますと、ジュリアンが最初にレナール夫人にたいして行動を起こすのは、夜十時の鐘が鳴ったときにレナール夫人の手を握る、と決意してからです。もしそれができなければ、自分の頭にピストルの弾丸をぶちこもう、とまで思いつめる。そこでジュリアンはものすごく緊張する。読者もどきどきしながら読んでいく。これが恋愛小説を読む楽しみでもあるわけです。

ジュリアンがレナール夫人の寝室に忍び込む場面も同様です。「今夜、二時にあなたの部屋に行きます」とレナール夫人に宣言したあと、ジュリアンは、この言葉の重大さにおののいている。身体をふるわせている。そして、縄ばしごをかけて窓から忍び込む。その間、読者ははらはらしながら見ている。そしてものすごい勢いで先へ先へと読み進む。このあたりで、さてひと休み、とトイレに立つ人はまずいないでしょう。恋愛小説とはこうでなければならない。

料理で言うなら、オードヴルースープ―前菜―メインの料理と来るところです。たしかに十九世紀の恋愛小説においては、いったいどういうメインの料理が出てくるのか、どんな食べ方をしているのか、あまりはっきりしないケースもよくありますが、しかし、それは読者の想像に委ねられていいわけです。

ところが『幻の生活』においては、いきなりメインの御馳走が出てくる。というか、御馳走の食い残しのようなシーンから始まっている。読者としては、いったいこれは何だ？と思いたくなる。そして、それ以後の展開についてまったく見当がつかない。しかし、いくつかのストーリーを予想することはもちろんできます。この本をまだ読んでいない方は、この冒頭をじっくり読んでちょっと予想してみて下さい。

たとえば第一はこうです。この不倫がピエールの妻にばれてしまって、夫婦が別れる、別れない、とさんざんもめたあと、結局は雨降って地固まるとなり、ロールは失望して去っていく、あるいは別の男と新しい人生を始める、というシナリオ。これは、保守的な解決法、日本的展開と言えるかもしれません。

第二は、ピエールは断固として、ないしはやむをえず、妻と別れ、ロールと一緒になるというシナリオ。結婚にたいする恋愛の勝利とも見えますが、二人がそのあと結婚をするとすれば、むしろこれはピューリタン的解決法ということになる。

第三に、ピエールの妻とロールとがなにかのきっかけで知り合い、お互いに親近感を覚えたり、友情を持ったりする。場合によってはロールが二人の家に引っこしてくる、というシナリオ。これは男にとっては都合のよいハーレム的解決ということになります。

第四は、それのヴァリエーションですが、二人の女が親密な関係になり、場合によってはレズの関係になり、ダメなピエールを家から追い出してしまう、というシナリオ。これはフェミニスム的解決法、と言ったらフェミニストに叱られるでしょうか。

第五は、ピエールは優柔不断、どちらも選ぶことができず、そのうちに、妻にも去られ、ロールからも愛想をつかされ、一人孤独の中に取り残される、というシナリオ。これは不幸の平等主義というか、オール・ダメージ方式というか、かなりマゾヒスト的な解決法です。いますこしだけ、ルイ・マル監督の映画『ダメージ』を思い浮かべているところです。

その他いろいろ予想をすることができるでしょうが、私が立てた予想はすべて外れてしまった。ある意味でこれは当然で、冒頭を読まれただけでその後のシナリオを予測されてしまうような作家は二流作家ということになるでしょう。

この小説には、物語は一九七六年九月に始まり、一九七七年九月、一年後に終わるという時間が設定されています。この間に三〇〇ページの話が展開するわけですが、この三〇〇ページのあとに、読者は何を発見するか。二人の関係はこれからも当分続いていくだろう、ということだけです。事件らしい事件は何も起こらずに、物語はだらだらと終わってしまう。ある意味で、ものすごく人をくった小説で、「一人くらい誰か死ねよ」と叫びたくなるくらい。しかし、こういうことを期待しても無駄なのです。

では、三〇〇ページにもわたって、サルナーヴはいったい何を書いているのか。せめてベッドシーンをくり返しくり返し描いてくれれば、女性作家が描くベッドシーンはどういうものか、ということで、それはそれなりに興味をそそる。しかし、彼女にはそういう趣味もないようで、このよこしまな期待も裏切られる。一回か二回、それも御馳走の始まりのシーンがあるだけです。

ではサルナーヴは何を描こうとしているのか。一言で言うなら、恋人がいながら一人残されているときの女性の状況です。不倫の関係を結んでしまったときの、待つ側の心理であり、行動であり、こうした状況がつくりだすロールの心の痛みです。

たとえば、夕食というテーマがある。不倫恋愛をしているときに、残された側が一人で夕食をするときのさびしさ、わびしさ、切なさ、といったものがある。

また、電話というテーマがあります。電話とは、互いに遠方にある人間をつなぐもの、近くにいても会うことのできない人間をつなぐ道具です。しかし電話はしばしば、双方の立場の違いを鮮明にする。かけてくるのはいつもピエールでロールの方はかけたくてもかけられない。しかも、ピエールが電話をしてくるのは、いつも妻が風呂に入っているとか、妻が寝てしまったときか、つまり時間を盗んでしかかけられない。だから、長電話はできず、ときには途中で切らざるをえなくなる。

では、公衆電話なり、カッフェなりでかければいいではないか、というとそうでもない。

彼らが住んでいるのは地方都市で、公衆電話の数が少ないし、家の近くでかけていると、なぜ？と人に不思議がられる…　要するにこれは、まだケイタイが無い時代の話ということで、今では不倫恋愛にとってはケイタイは必需品となっているようです。

次に、言葉のテーマがある。二人の間柄を何という言葉で言い表わしたらいいのでしょう？　たとえば〈関係《リエゾン》〉という言葉がありますが、ロールはこの言葉が好きではない。フランス語のこの言葉にははっきり〈愛人関係〉の意味があるからです。例の『危険な関係』(ラクロ)がそうですね。おそらくピエールの同僚たちは二人のことを知っていて、彼らのうわさをしているに違いない。それも一時的なもの、過渡的なものではなく、二人の間柄が続くかぎり〈リエゾン〉という言葉でくくられてしまう。これがロールにはやりきれないのですね。

買い物のテーマもあります。たまたま二人でスーパーマーケットに行くと、ピエールは浴室用のカーペットを買う。ロールが「そんなものどうするの？」と聞くとピエールは「家で使おうと思ってね」とすまして答える。このやりとりでロールは、自分が「家」から排除されていることを感ずるのですね。これは当然の反応でしょう。

最大のテーマはヴァカンスです。夏のヴァカンスをどう過ごすかは、フランス人にとって、神聖な行事をどうつとめあげるかに等しい。夏のヴァカンスをすばらしく過ごしたということは、すばらしい人生を過ごしている、ということの証明でもあります。

そしてその過ごし方は、家族の有無によって違います。小さな子供がいるカップルの場合は両親の家に行ったり、家を借りたりする。カップルだけの場合は友人のカップルと一緒に家を借りたり、外国旅行に出たりする。

問題は、パートナーのいないひとり者です。そのときはどうするか。これは、ひとり者がいつも悩むことです。男の場合は一人旅という手もありますが、女の場合はちょっとためらいがあるでしょう。エリック・ロメールの『緑の光線』という映画は、パートナーのいない女の子が、夏のヴァカンスをどう過ごすかで思い悩むところから始まる映画で、結局、彼女は一人で旅に出て男の子にめぐりあうわけですが、これはきっと例外で、だいたいは、家族の誰かにくっついて旅行をしたり、女友達と旅行したり、さもなければ団体旅行に加わるようです。

ロールの場合は家族と一緒に旅に出るのですが、長いヴァカンスが辛くてたまらない。手紙は書けないし、電話でも思うように話ができない。せいぜい、局留めの手紙という制度を利用して、多少の情報を交換し合う程度ですね。しかしここでも、ピエールがなにげなく自分のヴァカンス生活を描いても、それがこれを読むロールには傷となる、ということがあるのですね。

このように、サルナーヴは、二人の〈関係〉中で生じてくる日常的な出来事が、心理的にどのようなひずみを生み出していくか、を克明に浮かびあがらせていく。事件らしい事件はおこらないのですが、二人の〈関係〉がじわじわと腐蝕していくことが感じられます。いま、事件らしい事件はない、と言ったのですが、実は一つあります。復活祭の休みにピエールと妻のアンヌはノルマンディー地方にある友人の別荘を借りる。直前になってアンヌは一週間自分の両親と過ごしたあと彼に合流することにする。そこでピエールは一週間だけロールを呼んで二人で過ごす、というきわどい計画を立てて実行するのですが、アンヌがすこし予定を早めてやってくる。アンヌとロールが鉢合わせになることはなかったのですが、ロールはこそこそと逃げ出す破目になる。これが彼女にとって、ものすごい屈辱となるのですね。長いですが、大事な箇所なのでこの箇所をゆっくり読んでみましょう。

帰路、車を運転するロールの心は空っぽで、疲れきり、頭は朦朧とし、何も考えられなかった。家に着くとまず、彼女はひどく大きな疲れを感じた。すぐにベッドに入り、たちまち眠りに落ちた。彼女は数時間経って目を覚ました。辺りは黒々とした夜だった。ロールは息苦しさを覚えた。何かが、ぞっとするようなことが起こったのだった。それは忘れてしまうほうがいいようなことだ。突然、彼女はすべてを思いだし、自分は敗れ、粉々にされ、侮辱され、嘲弄されたのだと感じた。夜の闇の中にしっかりと開かれた目に涙は浮かんでいなかった。つづいて怒りとともに恥辱の感情がこみ上げてきた。彼女はベッドランプを点け、ふたたびしばらくじっと動かなかった。すると涙がこぼれはじめた。

このときロールは、屈辱感を覚えるだけでなく、一つの発見をします。それは、ピエールとアニーをむすびつけている不思議な絆、愛情が消滅したあとにも、新たに別の愛情が芽生えたあとにも生き続けていく不思議な絆を発見します。彼女はこう考えます。

ロールはその世界を垣間見て驚いた。男たちの女たちへの依存、女たちが男たちに対して獲得する奇妙な権力（これと並ぶと、ジスレーヌが《男たち》に及ぼす性的権力は冗談にすぎない）。独りで日常生活を営み得ない状況に女たちが男たちを押し込める（あるいは男たちが自ら入り込むのか? ロールにはそれ以上のことはわからない）。彼らは、食べていくという、服を着るという、生きていくということ、それだけのことができない。その見せかけの代償が（偽りの）自由だ。それは雄の自由、犬がするように、一日中壁づたいに気をそそる跡を嗅ぎ回るような自由だ。だが日が暮れると彼らは皆家に戻るのだ。

これは、不倫恋愛をする夫の本質をついている言葉かもしれません。しかし逆に考えるとこういう生活能力を夫が欠いているからこそ、結婚生活が成り立っている、という夫婦もあるに違いない。夫が日々の生活に無能であるとき、役割分担はそれなりの根拠を持つからです。ロールの頭の中をよぎる次の言葉は、よく考えてみる必要のある箇所でしょう。

最も緊密な結婚が（その種の結婚こそまさに）、まやかしではないか？　それは本当に結びつかなくてはならない者たちを決定的に引き離し、人々が誤って言っているように補完的な二人の人間を作るのではなく、不完全で互いに永久に依存し合う人間を作っているのではないか？

ロールはまた、二人の生活が「幻の生活」であるということに思いいたる。なぜ幻か？　なぜなら、とロールは考えるのですが、二人の間には「死のための場所がない」からです。ロールが死んでも、その死をお互いに通知することすらできない〈関係〉なのだから。そして、死から締め出されるということは、生からも締め出されることで、それは幻の生活ということになる…。　サルナーヴはここで、不倫恋愛の最良の定義を見いだしたようです。不倫とは、「お互いのあいだに死のための場所がない」関係である、と。

けれども、こういう屈辱の経験をし、こういう発見をし、二人の〈関係〉が〈幻の生活〉

であると知ったにもかかわらず、ロールはこの〈関係〉を打ちきろうとしません。数ヶ月後に二人はふたたびロールの家で落ち合い、抱き合っている。おそらく〈幻の生活〉は、今後もずっと続いていくだろう、と予感させるところで物語は終るのです。

不倫恋愛を主題としたという点をのぞくと『幻の生活』には、伝統的なフランス恋愛小説に共通するものはありません。むしろ、これまでに見られなかった新しさを指摘することができます。

第一に、ロールが経済的に自立した女であることに注目する必要があります。すでに記したように、フランスの伝統的な恋愛小説においては、夫ある妻が主人公で、その場合、妻は経済的に夫に従属しているがゆえに自由な行動にでられない。悲劇の多くはそこから発生する。

フランスの夫族はどうかというと、彼らは妻よりも貞節であるというわけではない。むしろ不貞をはたらくのはあたり前だったけれど、相手が娼婦であったり女中さん、お針子さんだったり、安いお金で解決のできる女たちで、恋愛とは言えなかった。恋愛であったかもしれないけれど、恋愛小説の主人公にはなりえなかった、ということでしょう。

ちなみに、プルーストの『失われた時を求めて』の第一巻『スワンの恋』は、裏社交界のオデットとスワンの恋、スワンの嫉妬を描いた傑作ですが、この場合、スワンはひとり者です。スワンが結婚をしていたら、あのようにオデットにお金を注ぎ込むことはできなかっただろうし、あのように入れあげることはなかったかもしれません。

ロールの場合は経済的に自立しているだけでなく、精神的にも自立しています。落ち込んだり、幻滅したり、傷心の日々が続いても、それに耐えることを知っている。ピエールにたいし、アニーと別れるよう求めたりもしない。現在の生活が〈幻の生活〉であり〈本当の生活〉ではないことは知っているけれど、それを変えるつもりはないようです。というか、〈本当の生活〉なるものの正体を見てしまったということでしょう。

第二の新しさは、結果が悲劇でもなくハッピー・エンドでもなく、どこかしまりが悪い終り方をしていることです。ヴァカンスあけのある九月の日、久しぶりに二人が再会し、おそらく冒頭の場面と同じようなことが繰り返され、やがて車で帰っていくピエールのひとり言で終っている。とくにこういう終り方である必要はまったくないし、あと五ページ付け加えても何かが変わるというものでもない。

不倫恋愛はこれまでほとんどドラマティックに終わっていた。そして渡辺淳一さんは相変わらずドラマティックな不倫を書いているのですが、サルナーヴは恋愛のドラマ化を拒否したようです。次の年も、またその次の年も二人の〈関係〉は続いていく。しかしそうなれば、緊張をはらんでいたはずの不倫恋愛もまた日常化していく。凡庸化していく。これこそサルナーヴの描いた世界で、ここにはたしかに新しさがある。

ただですね、読者としてはこういうことがある。恋愛小説にはどこか人をほろりとさせる側面があるものですが、『幻の生活』にはそれがない。ボヴァリー夫人の恋愛はどれもみじめで、彼女の恋愛自体が人を感動させることはない。しかし、毒を飲んで死んでいくときの、あのエンマにはほろりとさせられる。

また最後にもう一度『赤と黒』の例をあげますが、あの小説の最後の三行を読むと、私はいつも涙を流してしまう。

「レナール夫人は約束を忠実に守った。すすんで自分の命を縮めるようなことは決してしなかった。けれどもジュリアンの死後三日目に、夫人は自分の子供たちを抱きながらこの世を去った」

レナール夫人が何で死んだということは一言も書いていない。しかし、こういうふうにして人は死にうるのだ、ということを十分納得させてくれる。重要なのは、「ジュリアンの死後三日目に」という一句です。これが、一月だったり一週間だったりしてはだめなのですね。次の日でもだめ。苦しみ抜き、悲しみ抜き、そして死んでいくためには三日後でなくてはならない…　そのとき、読者は、そこに人間の〈真実〉―それはかならずしも〈現実〉ではないのですが――を読みとり、涙を流すのではないのでしょうか。
『幻の生活』はこういう終り方を拒否している。それはサルナーヴの美学であると同時に、いくぶんかは現実の反映でもあるでしょう。恋愛の凡庸化、不倫の凡庸化は、二十世紀後半の一つの大きな流れなのですから。ひょっとすると二十一世紀には、十二世紀に発明されたとされるあの恋愛の観念は、まったく通用しなくなるのかもしれません。『幻の生活』はそんなことも考えさせてくれます。

【参考文献】

ヘレン・E・フィッシャー『愛はなぜ終わるのか』（吉田利子訳　草思社）
アンドレアス・カペルラヌス『宮廷風恋愛の技術』（野島秀勝訳　法政大学出版会）
モーリス・ヴァランシー『恋愛礼賛』（沓掛良彦／川端康雄訳　法政大学出版会）
アレクサンドル・ジャルダン『妻への恋文』（鷲見洋一訳　新潮文庫）
ダニエル・サルナーヴ『幻の生活』（堀茂樹訳　河出書房新社）
スタンダール『赤と黒』（桑原武夫／生島遼一訳　河出書房）

（なお、本文中の引用はすべて右記の既訳を使わせていただきました）

付録—ブックガイド

本文中で言及された作家の翻訳作品のなかから主要なものを、リストアップしています。

作家名の五十音順に表記しています
＊印のものは現在品切れ、絶版等で流通していません
（2000年4月現在　関西学院大学生協書籍部調べ）

アラゴン，ルイ（Aragon, Louis　1897 － 1982）
『イレーヌ』*Le con d'Irène*　生田耕作訳　白水社（白水Uブックス　81）
『アニセまたはパノラマ』*Anicet ou la panorama*　小島輝正訳　白水社
『パリの農夫』*Le Paysan de Paris*　佐藤朔訳　思潮社
『美をめぐる対話』*Entretiens sur le Musée de Dresde*（ジャン・コクトーとの対話）　辻邦生訳　筑摩書房
『ブランシュとは誰か—事実か、それとも忘却か』*Blanche ou l'oubli*　稲田三吉訳　柏書房
『ルイ・アラゴン詩集』小島輝正訳　土曜美術社（世界現代文庫　8）
『アラゴン選集』（全三巻）　大島博光訳　飯塚書店

ヴァレリー，ポール（Valéry, Paul　1871 － 1945）
『テスト氏・未完の物語』*Monsieur Test / Histoires brisées*　粟津則雄訳　現代思潮社（古典文庫）
『レオナルド・ダ・ビンチの方法』*Introduction à la méthode de Léonard de Vinci*　山田九朗訳　岩波書店（岩波文庫　赤560－2）
『若きパルク』*La Jeune Parque* 中井久夫訳　みすず書房
『ヴァレリー詩集』＊　鈴木信太郎訳　岩波書店（岩波文庫）
『ヴァレリー全集』＊　全十三巻　鈴木信太郎他訳　筑摩書房

カミュ，アルベール（Camus, Albert　1913 － 60）
『異邦人』*L'Étranger*　窪田啓作訳　新潮社（新潮文庫　カ－2－1）
『カリギュラ・誤解』*Caligula / Le Malentendu*　渡辺守章、鬼頭哲人訳　新潮社（新潮文庫　カ－2－5）

『幸福な死』*La Mort heureuse*　高畠正明訳　新潮社（新潮文庫　カ－2－8）
『シーシュポスの神話』*Le Mythe de Sisyphe*　清水徹訳　新潮社（新潮文庫　カ－2－2）
『最初の人間』*Le Premier homme*　大久保敏彦訳　新潮社
『転落・追放と王国』*La Chute / L'Exil et le royaume*　佐藤朔、窪田啓作訳　新潮社（新潮文庫　カ－2－4）
『ペスト』*La Peste*　宮崎嶺雄訳　新潮社（新潮文庫　カ－2－3）
『カミュの手帖　1935－1959』* *Carnets*　大久保敏彦訳　新潮社

クローデル，ポール（Claudel, Paul　1868－1955）
『書物の哲学』*Réflextion sur la poésie*　三嶋睦子訳　法政大学出版局（りぶらりあ選書）
『眼は聴く』*L'Œil écoute*　山崎庸一郎訳　みすず書房
『クローデル詩集』*　山内義雄訳　ほるぷ出版（フランス詩人選）
『ポール・クローデル』*　筑摩書房（世界文学大系　51）

コレット（Colette, Sidonie-Gabrielle　1873－1954）
『シェリ』*Chéri*　工藤庸子訳　岩波書店（岩波文庫　赤585－2）
『シェリの最後』**La Fin de Chéri*　工藤庸子訳　岩波書店（岩波文庫）
『青い麦』*Le Blé en herbe*　堀口大學訳　新潮社（新潮文庫　コ－4－1）
『青い麦』　手塚伸一訳　集英社（集英社文庫　コ－6－1）

サルトル，ジャン＝ポール（Sartre, Jean-Paul　1905－80）
『嘔吐』*La Nausée*　白井浩司訳　人文書院
『水いらず』*L'Intimité*　伊吹武彦訳　新潮社（新潮文庫サ－4－1）
『存在と無―現象学的存在論の試み』（上・下）*L'Être et le Néant*　松浪信三郎訳　人文書院
『悪魔と神』**Le Diable et le bon Dieu*　生島遼一訳　新潮社（新潮文庫）
『実存主義とは何か』*L'Existentialisme est un humanisme*　伊吹武彦、海老坂武、石崎晴己訳　人文書院
『文学とは何か』*Qu'est-ce que la littérature?*　加藤周一、白井健三郎、海老坂武訳　人文書院
『ユダヤ人』*Réflextions sur la question juive*　安堂信也訳　岩波書店（岩波新書　青版227）

サルナーヴ，ダニエル（Sallenave, Danièle 1940-）

『幻の生活』*La Vie fantôme*　堀茂樹訳　河出書房新社
『死者の贈り物：ひとはなぜ本を読むか』*Le Don des morts*　菊地昌実、白井成雄訳　法政大学出版局（叢書・ウニベルシタス 405）

サロート（Sarraute, Nathalie　1900 － 99）
『見知らぬ男の肖像』**Portrait d'un inconnu*　三輪秀彦訳　河出書房新社（河出海外小説選 13）
『あの彼らの声が…』**Vous les entedez?*　菅野昭正訳　中央公論新社
『アンチ・ロマン集』＊　筑摩書房　（世界文学全集　65）

サン＝テグジュペリ、アントワーヌ・ド（Saint-Exupéry, Antoine de　1900 － 44）
『星の王子さま』*Le Petit prince*　内藤濯訳　岩波書店（岩波少年文庫）
『星の王子さま（オリジナル版）』　内藤濯訳　岩波書店
『人間の土地』*Terre des hommes*　堀口大學訳（新潮文庫　サ－1－2）
『夜間飛行』*Vol de nuit*　堀口大學訳（新潮文庫　サ－1－1）

ジッド（ジード），アンドレ（Gide, André　1869 － 1951）
『狭き門』*La Porte étroite*　山内義雄訳　新潮社（新潮文庫　シ－2－3）
『背徳者』*L'immoraliste*　石川淳訳　新潮社（新潮文庫　シ－2－1）
『ジッドの日記』*Journal*　（1：1889 － 1911　2：1912 － 1920　3：1921 －）新庄嘉章訳　小沢書店
『田園交響楽』*La Symphonie pastorale*　神西清訳　新潮社（新潮文庫　シ－2－4）
『一粒の麦もし死なずば』*Si le grain ne meurt*　堀口大學訳　新潮社（新潮文庫　シ－2－8）
『法王庁の抜け穴』*Les Caves de Vatican*　石川淳訳　岩波書店（岩波文庫赤 558 － 3）
『文化の擁護：1935 年パリ国際作家大会』　相磯佳正訳　法政大学出版局（叢書・ウニベルシタス）
『未完の告白』**Geneviève*　新庄嘉章訳　新潮社（新潮文庫　シ－2－6）

シモン，クロード（Simon, Claude　1913 －）
『アカシア』*L'Acacia*　平岡篤頼訳　白水社
『フランドルへの道』**La route des Flandres*　平岡篤頼訳　白水社（白水社世界の文学）
『シモン』＊　集英社（世界の文学　23）

ジャルダン , アレクサンドル（Jardin, Alexandre　1965-）

『さようなら、少年《ギャルソン》』*Bille en tête　鷲見洋一訳　新潮社

『妻への恋文』*Le Zèbre　鷲見洋一訳　新潮社（新潮文庫　シー 28 － 1）

『恋人たちのアパルトマン』*Fanfan　鷲見洋一訳　新潮社

『ぼくの小さな野蛮人』*Le Petit sauvage　高橋啓訳　新潮社

スタンダール（Stendhal〈Henri Beyle〉1783 － 1842）

『赤と黒』（上・下）*Le Rouge et le Noir*　桑原武夫、生島遼一訳　岩波書店（岩波文庫　赤 526 － 3 ～ 4）

『赤と黒』（上・下）　小林正訳　新潮社（新潮文庫　ス－ 2 － 3 ～ 4）

『パルムの僧院』（上・下）*La Chartreuse de Parme*　生島遼一訳　岩波書店（岩波文庫　赤 526 － 5 ～ 6）

『パルムの僧院』（上・下）大岡昇平訳　新潮社（新潮文庫　ス－ 2 － 1、2）

『恋愛論』*De l'Amour*　大岡昇平訳　新潮社（新潮文庫　ス－ 2 － 5）

『恋愛論』（上・下）前川堅市訳　岩波書店（岩波文庫　赤 526 － 1 ～ 2）

『ある旅行者の手記』（1・2）*Mémoires d'un touriste*　山辺雅彦訳　新評論

『南仏旅日記』*Journal d'un voyage dans le midi de la France*　山辺雅彦訳　新評論

『イタリア旅日記―ローマ、ナポリ、フィレンツェ　1826』（1・2）*Rome, Naples et Florence*　臼田紘訳　新評論

『スタンダール全集』＊人文書院

セリーヌ , ルイ＝フェルディナン（Céline, Loius-Ferdinand　1894 － 1961）

『夜の果ての旅』（上・下巻）*Voyage au bout de la nuit*　生田耕作訳　中央公論新社（中公文庫　C 22, C 22 － 2）

『なしくずしの死』（上・下）*Mort à crédit*　高坂和彦訳　国書刊行会（セリーヌの作品第 2 ,3 巻）

『北』（上・下）*Nord*　生田耕作、高坂和彦訳　国書刊行会（セリーヌの作品第 8 ,9 巻）

『ギニョルズ・バンド』*Guignol's band*（1・2）高坂和彦訳　国書刊行会（セリーヌの作品第 4 巻 , 15 巻）

『城から城』*D'un château l'autre*　高坂和彦訳　国書刊行会（セリーヌの作品第 7 巻）

デュマ, アレクサンドル（フィス）（Dumas, Alexandre (fils)　1824 － 95）
『椿姫』*La Dame aux camélias*　吉村正一郎訳　岩波書店（岩波文庫　赤540 － 1）

バルザック, オノレ・ド（Balzac, Honoré de　1799 － 1850）
『谷間の百合』*Le Lys dans la vallée*　石井晴一訳、新潮社（新潮文庫　ハ－ 1 － 1）
『ゴリオ爺さん』*Le Père Goriot*　平岡篤頼訳、新潮社（新潮文庫　ハ－ 1 － 4）
『ゴリオ爺さん』（上・下）富山鉄男訳、岩波書店（岩波文庫　赤 530 － 8 － 9）
『従妹ベット』（上・下）*La Cousine Bette* 平岡篤頼訳　新潮社（新潮文庫　ハ－ 1 － 2）
『知られざる傑作』*Le Chef-d'œuvre inconnu*　水野亮訳　岩波書店（岩波文庫　赤 529 － 1）
『「絶対」の探求』*La Recherche de l'absolu*　水野亮訳　岩波書店（岩波文庫　赤 530 － 6）
『バルザック全集』全二十六巻　東京創元社
『バルザック『人間喜劇』セレクション』全十三巻別巻二　藤原書店

ビュトール，　ミシェル（Butor, Michel　1926 －）
『心変わり』* *Modification*　清水徹訳　河出書房新社（河出海外小説選　1）
『時間割』*L'Emploi du temps*　清水徹訳　中央公論新社（中公文庫）
『中心と不在の間』* *Entre centre et absence*（日本での講演集）清水徹、田部井玲子訳　朝日出版社　（エピステーメ叢書　48）
『ディァベリ変奏曲との対話』*Dialogue avec 33 variations de Ludwig van Beethoven sur une valse de Diabelli*　工藤庸子訳　筑摩書房
『合間』* *Intervalle*　清水徹訳　岩波書店（岩波現代選書）

プルースト, マルセル（Proust, Marcel　1871 － 1922）
『失われた時を求めて』*À la recherche du temps perdu*　（全十巻）井上究一郎訳　筑摩書房〈ちくま文庫 ふ－ 13 － 1 ～ 10〉
『失われた時を求めて』（全十三巻・刊行中）鈴木道彦訳　集英社

ブルトン , アンドレ（Breton, André 1896 − 1966）

『ブルトン詩集』*Poèms d'André Breton*　稲田三吉、笹本孝訳　思潮社

『シュルレアリスム宣言･溶ける魚』*Manifeste du surréalisme / Poisson soluble*　巌谷国士訳　岩波書店（岩波文庫　赤 590 − 1）

『超現実主義宣言』生田耕作訳　中央公論新社（中公文庫　フ１２−１）

『シュールレアリスム宣言集』森本和夫訳　現代思潮社

『シュルレアリスム簡約辞典』*Dictionnaire abrégé du surréalisme*　（ポール・エリュアールと共編）　江原順訳　現代思潮社

『シュルレアリスムと絵画』*Le Surréalisme et la peinture*　粟津則雄訳　人文書院

『秘法十七』*Arcane 17*　入沢康夫訳　人文書院

『ナジャ：小説のシュルレアリスム』*Nadja*　巌谷国士訳　白水社（白水Uブックス 78）

『ナジャ』栗田勇、峰尾雅彦訳　現代思潮社

『性に関する探究』*Recherches sur la sexualité*　野崎歓訳　白水社

『狂気の愛』*L'Amour fou*　笹本孝訳　思潮社（シュルレアリスム文庫）

『魔術的芸術』*L'Art magique*　巌谷国士訳　河出書房新社

『黒いユーモア選集』（上・下）*Anthologie de l'Humour noir*　山中散生訳　国文社（セリ・シュルレアリスム）

プレヴォー , アベ（Prévost, Abbé 〈 Antoine-François Prévost 〉 1697 − 1763）

『マノン・レスコー』*Manon Lescaut*　河盛好蔵訳　岩波書店（岩波文庫　赤 519 − 1）

フローベール , ギュスターヴ（Flaubert, Gustave　1821 − 80）

『ボヴァリー夫人』（上・下）*Madame Bovary*　伊吹武彦訳　岩波書店（岩波文庫　赤 538 − 1 ～ 2）

『ボヴァリー夫人』　生島遼一訳　新潮社（新潮文庫　フ− 3 − 1）

『感情教育』（上・下）*L'Éducation sentimentale*　生島遼一訳　岩波書店（岩波文庫　赤 538 − 3 ～ 4）

『サランボー』*（上・下）*Salammbô*　神部孝訳　角川文庫

『紋切型辞典』*Dictionnaire des idées reçues*　山田𣝣訳　平凡社（平凡社ライブラリー　268）

『聖アントワヌの誘惑』*La Tentation de saint Antoine*　渡辺一夫訳　岩波書店（岩波文庫　赤 538 − 6）

ベケット，サミュエル（Beckett, Samuel　1906 － 89）
『ゴドーを待ちながら』*En attendant Godot*　安堂信也、高橋康也訳　白水社（ベスト・オブ・ベケット 1）
『勝負の終わり』*Fin de partie*　安堂信也、高橋康也訳　白水社（ベスト・オブ・ベケット 2）
『しあわせな日々』*Happy days*　安堂信也、高橋康也訳　白水社（ベスト・オブ・ベケット 3）
『エレウテリア（自由）』*Eleutheria*　坂原真里訳　白水社
『モロイ』*Molloy*　安堂信也訳　白水社
『マロウンは死ぬ』*Malone dies*　高橋康也訳　白水社
『名づけえぬもの』*L'innommable*　安藤元雄訳　白水社
『ジョイス論／プルースト論：ベケット詩・評論集』 *Dante...Bruno.Vico..Joyce / Proust*　高橋康也訳　白水社

マルロオ，アンドレ（Malraux, André　1901 － 76）
『人間の条件』*La Condition humaine*　小松清、新庄嘉章訳　新潮社（新潮文庫＊『CD-ROM 版 新潮文庫絶版 100 冊』に収録）
『希望』＊ *L'espoir*（上・下）岩崎力訳　新潮社（新潮文庫　マ－ 13 － 5,6）
『征服者 王道』＊ *Les Conquérants / La Voie royale*　渡辺一民、安東次男訳　集英社（デュエット版世界文学全集　65）
『夜間飛行 人間の土地 征服者 王道：サン＝テグジュペリ、マルロー』＊ *Les Conquérants / La Voie royale*　堀口大學訳　集英社（文学の扉世界文学全集 40）

ラクロ，ピエール・ショデルロ・ド（Laclos, Pierre Choderlos de　1741 － 1803）
『危険な関係』（上・下）*Les Liaisons dangereuses*　伊吹武彦訳（岩波文庫 赤 523 － 1 ～ 2）
『危険な関係』（上・下）新庄嘉章訳　（新潮文庫＊『CD-ROM 版 新潮文庫絶版 100 冊』に収録）
『危険な関係』＊（上・下）大久保洋訳　講談社文庫

ラファイエット夫人（Mme de La Fayette〈 Marie-Madeleine Pioche de La Vergne, Contesse de La Fayette 〉1634 － 93）
『クレーヴの奥方』*La Princesse de Clèves*　生島遼一訳　岩波書店（岩波文庫　赤 515 － 1）

ロブ＝グリエ, アラン（Robbe-Grillet, Alain　1922 －）

『迷路の中で』*Dans le labyrinthe*　平岡篤頼訳　講談社（講談社文芸文庫　ロ－A－1）

『覗くひと』*Le Voyeur*　望月芳郎訳　講談社（講談社文芸文庫　ロ－A－2）

『消しゴム』**Les Gommes*　中村真一郎訳　河出書房（河出海外小説選 20）

著者略歴

海老坂　武（えびさか　たけし）

1934年　東京生まれ

東京大学大学院（仏語・仏文学）博士課程修了。

一橋大学教授を経て、現在関西学院大学文学部教授。

フランス現代文学・思想専攻。

主著　『戦後思想の模索』みすず書房、1981年

『雑種文化のアイデンティティ』みすず書房、1986年

『思想の冬の時代に』岩波書店、1992年

『シングル・ライフ』中公文庫、1988年

『記憶よ、語れ』筑摩書房、1995年

翻訳　ニザン『番犬たち』晶文社、1967年

サルトル『文学とは何か』人文書院、1999年

ファノン『黒い皮膚・白い仮面』みすず書房、1998年、他

K.G.りぶれっと　No.1

現代フランス恋愛小説講座

2000年6月25日初版第一刷発行

著者　海老坂 武

発行代表者　山本栄一

発行所　関西学院大学出版会

所在地　〒662-0891　兵庫県西宮市上ヶ原1-1-155

電　話　0798-53-5233

このシリーズは、関西学院生協書籍部と富士ゼロックス社の協力により、オンデマンド方式で発行されています。

ISBN:4-907654-12-X

乱丁・落丁本はお取り替えいたします。

http://www.kwansei.ac.jp/press

「K.G. りぶれっと」2000年4月刊行開始！——第1弾四冊同時刊行（各本体750円）——

山本 栄一（関西学院大学経済学部教授）著
No.0 **おそるおそるの大学論**——「社会科学入門」の入門
「大学て、何？」... 甲山の麓で三十年間、大学と学生と世間を定点観測し続けた著者が、「リベラルアーツ」というキーワードで二十一世紀の大学を語る。これから大学へ行こうとする人、もう大学に入ってしまった人、大学から社会に出た人、大学で仕事をしている人必読。ISBN 4-907654-11-1

海老坂 武（関西学院文学部教授）著
No.1 **現代フランス恋愛小説講座**
スタンダールからサルナーヴまで、フランス文学は恋愛をいかに描いてきたか。サルトル、ボーヴォワール、ファノンらの業績を論壇に紹介するとともに、「シングルライフ」という新しい生き方を実践する行動派の著者が、恋愛の冬の時代の読者に贈る、カフェで読む現代フランス文学講座。
ISBN 4-907654-12- X

浅野　仁（関西学院大学社会学部教授）編
No.2 **少子高齢社会の展望**——熟成社会への提言
少子高齢社会の到来という未曾有の社会変革を前にして、どう考え、何をなすべきか。来るべき時代を単に悲観的にとらえるだけではなく、新たなライフスタイルの創造によって明るい展望を見いだすための発想を提案する。同名のシンポジウムの記録。
ISBN 4-907654-13-8

松本 有一（関西学院大学経済学部教授）著
No.3 **循環型社会の可能性**——いま変わらなければ
大量廃棄社会から循環型社会へ...　二十世紀を終えて、山積する環境問題を前にした人類の最後の知恵とは。経済学者として長年環境問題を見続けてきた著者の次世代へのメッセージ。
ISBN 4-907654-14-6

——続刊・近日刊行——

岩武 昭男（関西学院文学部助教授）著
No.4 **西のモンゴル帝国**——イルハン朝
十三世紀から十四世紀にかけてユーラシア大陸の広大な地域を占めた大モンゴル...西アジア、現在のイランというイスラーム世界に成立した西のモンゴル帝国、「イルハン朝」を史料に基づいて旅する。新たな世界像の再発見。